AF671087

Tucholsky Wagner Zola Scott Sydow Fonatne Freud Schlegel
Turgenev Wallace
Twain Walther von der Vogelweide Fouqué Friedrich II. von Preußen
Weber Freiligrath
Frey
Fechner Fichte Weiße Rose von Fallersleben Kant Ernst Richthofen Frommel
Hölderlin
Fehrs Engels Faber Fielding Flaubert Eichendorff Tacitus Dumas
Feuerbach Maximilian I. von Habsburg Ewald Fock Eliasberg Eliot Zweig Ebner Eschenbach
Vergil
Goethe London
Mendelssohn Balzac Shakespeare Elisabeth von Österreich
Lichtenberg Rathenau Dostojewski Ganghofer
Trackl Stevenson Tolstoi Hambruch Doyle Gjellerup
Mommsen Thoma Lenz Hanrieder Droste-Hülshoff
Dach Verne von Arnim Hägele Hauff Humboldt
Reuter
Karrillon Garschin Rousseau Hagen Hauptmann Gautier
Damaschke Defoe Descartes Hebbel Baudelaire
Hegel Kussmaul Herder
Wolfram von Eschenbach Darwin Dickens Schopenhauer
Bronner Melville Grimm Jerome Rilke George
Campe Horváth Aristoteles Bebel Proust
Bismarck Vigny Gengenbach Barlach Voltaire Heine Federer Herodot
Storm Casanova Lessing Tersteegen Gilm Grillparzer Georgy
Chamberlain Langbein Gryphius
Brentano Lafontaine
Strachwitz Claudius Schiller Kralik Iffland Sokrates
Bellamy Schilling
Katharina II. von Rußland Gerstäcker Raabe Gibbon Tschechow
Löns Hesse Hoffmann Gogol Wilde Gleim Vulpius
Luther Heym Hofmannsthal Klee Hölty Morgenstern
Roth Heyse Klopstock Kleist Goedicke
Luxemburg Puschkin Homer Mörike
La Roche Horaz Musil
Machiavelli Kraft Kraus
Navarra Aurel Musset Kierkegaard
Nestroy Marie de France Lamprecht Kind Kirchhoff Hugo Moltke
Laotse Ipsen Liebknecht
Nietzsche Marx Nansen Ringelnatz
von Ossietzky Lassalle Gorki Klett Leibniz
May vom Stein Lawrence Irving
Petalozzi Platon Knigge
Sachs Pückler Poe Michelangelo Kock Kafka
Liebermann Korolenko
de Sade Praetorius Mistral Zetkin

Der Verlag tredition aus Hamburg veröffentlicht in der Reihe **TREDITION CLASSICS** Werke aus mehr als zwei Jahrtausenden. Diese waren zu einem Großteil vergriffen oder nur noch antiquarisch erhältlich.

Symbolfigur für **TREDITION CLASSICS** ist Johannes Gutenberg (1400 — 1468), der Erfinder des Buchdrucks mit Metalllettern und der Druckerpresse.

Mit der Buchreihe **TREDITION CLASSICS** verfolgt tredition das Ziel, tausende Klassiker der Weltliteratur verschiedener Sprachen wieder als gedruckte Bücher aufzulegen – und das weltweit!

Die Buchreihe dient zur Bewahrung der Literatur und Förderung der Kultur. Sie trägt so dazu bei, dass viele tausend Werke nicht in Vergessenheit geraten.

Die Schleppe

Reichtum ist keine Schande . . .

Heinrich Seidel

Impressum

Autor: Heinrich Seidel
Umschlagkonzept: toepferschumann, Berlin

Verlag: tredition GmbH, Hamburg
ISBN: 978-3-8472-7085-0
Printed in Germany

Ziel der TREDITION CLASSICS ist es, tausende deutsch- und fremdsprachige Klassiker wieder in Buchform verfügbar zu machen. Die Werke wurden eingescannt und digitalisiert. Dadurch können etwaige Fehler nicht komplett ausgeschlossen werden. Unsere Kooperationspartner und wir von tredition versuchen, die Werke bestmöglich zu bearbeiten. Sollten Sie trotzdem einen Fehler finden, bitten wir diesen zu entschuldigen. Die Rechtschreibung der Originalausgabe wurde unverändert übernommen. Daher können sich hinsichtlich der Schreibweise Widersprüche zu der heutigen Rechtschreibung ergeben.

Text der Originalausgabe

Heinrich Seidel

Die Schleppe.

Reichtum ist keine Schande . . .

Eduard Holding war soeben als ein neuer Mensch aus der Hand seines Schneiders hervorgegangen. Nun sind wohl wenige über alle menschliche Eitelkeit so erhaben, daß die Gewißheit, ein wohlgekleidetes Mitglied der menschlichen Gesellschaft zu sein, nicht eine angenehme Wärme in ihrem Inneren verbreitete, und so fühlte auch Holding eine Art sonniger Behaglichkeit von diesem Bewußtsein ausgehen. Zudem hatte er bei Hiller ausgezeichnet zu Mittag gegessen und vorzüglichen Wein dazu getrunken und saß nun im Kaiserhof in einer abgeschlossenen Ecke des Cafés, von dem aufmerksamen Kellner, der seine Gewohnheiten kannte, bereits mit seinen Lieblingsjournalen versorgt, vor einer Tasse »Schwarzen«, blies den Rauch einer vortrefflichen Havanna vor sich hin und schaute, ehe er sich in die Zeitungen vertiefte, noch ein Weilchen in die Luft und dachte an nichts. Es gibt Momente rein körperlichen Behagens, wo Sorgen und Wünsche schlafen und der Mensch das Dasein einer Pflanze führt, die in der Stille der Luft mit allen Blättern den warmen Sonnenschein trinkt.

In dem Moment, als er die Augen wieder senkte und im Begriff war, eine Zeitung zu ergreifen, fiel sein Blick auf einen jungen Mann, der soeben gekommen war und ihn eine kurze Weile stillschweigend beobachtet hatte.

»Sieh da, Siebold,« sagte Holding erfreut, indem er mit auffordernder Handbewegung einen Stuhl zurechtrückte. Der andere setzte sich ohne weiteres, kreuzte die Beine, gab dem Kellner seinen Auftrag, fuhr sich durch das Haar, trommelte mit den Fingern auf dem Tisch, wippte mit dem Fuß auf und ab, alles mit einer unruhigen, nervösen Geschwindigkeit und fragte dann plötzlich: »Woran dachtest du eben, Teuerster?«

Holding that einen tiefen Zug aus seiner Zigarre, und indem er behaglich in den ausgeblasenen Rauch sah, antwortete er: »Ich dachte an gar nichts, mein Lieber.«

Siebold hatte eine silberne Bleistifthülse aus der Tasche geholt und wirbelte sie zwischen seinen Fingern. »Glückspilz,« sagte er, »wenn ich das nur einmal könnte! Ich grolle mit dem Schicksal über die ungerechte Verteilung der irdischen Güter.« Er machte eine

Pause und rührte heftig in seinem Kaffee, der eben gekommen war. Dann fuhr er fort: »Ist das nicht ungerecht: mir ist ein unwiderstehlicher Hang zum Luxus angeboren und die Natur hat mich arm auf die Welt gesetzt; dir gab sie reichliche Güter in die Wiege und du hast keinen Bedarf, der über das Mittelmäßige hinausgeht. Ich hege den Verdacht, daß du jährlich von deinen Einkünften eine größere Summe zurücklegst. Gestehe!«

Holding lächelte. »Ich kann allerdings nicht alles bewältigen,« sagte er.

»Du hast vielleicht keine Ahnung,« rief Siebold, »daß dies ein großes Unrecht ist! Wer durch das Schicksal der Geburt so gestellt ist wie du, der hat auch Pflichten zu erfüllen, und eine der ersten ist, daß er seine Einnahmen in würdiger Weise wieder unter die Leute bringt. Das nenne ich zur Vermehrung des Nationalwohlstandes beitragen. Und wenn er auch nur seine Mittel verwendet, um die Hundezucht zu fördern, so will ich ihn schon verehren. Meine Neigung würde dies allerdings nicht sein. Ich würde mir vor allen Dingen ein Haus bauen, ein Haus, so behaglich, wohnlich und schön, wie es nur irgend zu erreichen ist. Die Pläne sind fast fertig, Sonntag nachmittags arbeite ich an diesem Traumbild. Dies Haus würde die schönsten Geräte enthalten, die zu finden sind, und die Zimmer würde ich ausschmücken, ein jegliches nach seinem Charakter, aber alle so, daß die Harmonie der Farben und Formen wie eine sanfte Musik in ihnen ist. Ich würde Künstler beschäftigen, die mir schöne Geräte arbeiten und herrliche Bilder malen sollten, und würde kein Mittel scheuen, das in ihnen zu fördern und anzuregen, was ich als das Gute und Edle erkenne. Ich würde eine offene Hand haben für die Unterstützung aller Bestrebungen, die dahin gerichtet sind, das Schöne und Zweckvolle zu fördern und zu beschützen, damit es zur Vernichtung des Häßlichen und Unverständigen beitrage, damit in unserem Lande die alte Kunstfertigkeit wieder erwache, die vor dem Dreißigjährigen Kriege so verbreitet war, daß selbst in den kleinen Städten Goldschmiedemeister saßen, deren Kunstfertigkeit von unseren ersten Künstlern noch nicht wieder erreicht, geschweige denn übertroffen worden ist. Dies würde ich thun – allein wenn du dich mit allem Eifer auf die künstliche Fischzucht werfen willst oder deine Mittel auf die Kultivierung eines wüsten Landstriches, meinetwegen in der Lüneburger Heide, verwenden willst, so habe ich gar nichts dagegen. Aber, verzeihe mir, dies behagliche In-den-Tag-hinein-schlendern, das ist eine Vergeudung von Mitteln und Kräften, die der Welt zu gute kommen sollten.«

Holding schien nicht viel von dieser Moralpredigt berührt zu werden; er schaukelte sich ein wenig auf den hinteren Beinen seines Stuhles und blies von Zeit zu Zeit einen vollendet schönen Rauchring in die Luft. Dann holte er eine Zigarrenspitze hervor, die aus einem mächtigen Stück hellgelben, gewölkten Bernsteins gearbeitet war, und widmete sich weiter dem Rest seiner Zigarre. Als Siebold schwieg, sagte er: »Vor drei Jahren habe ich einmal sechs Monate hindurch mir eine Zigarrenspitzensammlung angelegt, wie wäre das, wenn ich die Sache ins Große triebe und zur Hebung der Bernstein- und Meerschaumindustrie ein Zigarrenspitzenmuseum anlegte.«

Siebold rückte ihm näher: »Du spottest noch,« rief er, »mir ist es heiliger Ernst. Ich kenne diese abscheuliche Sammlung wohl. Ich erinnere mich, daß Monumente dabei waren, die der starke Mann aus dem Zirkus nicht mit den Zähnen hätte halten können. Auf der einen war Renz dargestellt mit sechs Hengsten, die alle auf den Hinterbeinen standen, und dergleichen Ungeheuerlichkeiten mehr. Ich habe dich niemals mehr bejammert als damals. Nichts ist schmerzlicher für mich, als dergleichen zu sehen, – Verschwendung von künstlerischer Kraft auf Undinge. Mit denselben Mitteln und in derselben Zeit hätten edle und herrliche Werke gebildet werden können, leuchtend für immer. Aber ich predige dir vergebens, ich bin der einzige, der dir die Wahrheit sagt, und in deinen Ohren ist es Rauch. Das ist der Fluch des Reichtums, daß er die Thatkraft lähmt und müheloses Gelingen schafft. Du weißt nicht und ahnst nicht, wie unsereiner seine Arme rühren und den Punkt erkämpfen muß, wo er steht, und die Rücksicht, die man ihm gewährt. Er muß geduldig dienen, oder wenn ihm die Natur Waffen gegeben hat, so muß er sie brauchen. Du dagegen gehst einher in dem goldenen Glorienschein, den die mühelos ererbten Dukaten von dir ausstrahlen, und dieser angenehme Schimmer erzeugt einen Abglanz freundlichen Lächelns, wohin du dich wendest. Er öffnet dir verschlossene Thüren und läßt die Blicke der Mädchen wohlwollend auf dir ruhen, denn ihre stillen Träume von köstlichen Kleidern, von einem prächtigen Wagen mit zwei Bedienten und von einer

Loge im Opernhaus gewinnen in dem goldenen Glanz, der von dir ausstrahlt, ein neues Leben. Wenn du ein kleines kümmerliches Wortspiel machst, so ist es ein Witz, und die Welt lächelt bereitwillig, deine Talente finden Beachtung, man lauscht deinen Worten. Du kannst unendliche Dummheiten begehen, eh' es dir verdacht wird, und was man bei anderen Liederlichkeit nennt, wird bei dir durch den goldenen Schimmer zu verzeihlichem Jugendübermut verklärt. Hast du wohl einmal nachgedacht, ein wie großer Teil der Beachtung, die man dir schenkt, und der Freundlichkeit, mit der man dir begegnet, auf die Rechnung dieses goldenen Hintergrundes zu setzen ist, und hast du wohl einmal eine Berechnung angestellt, wie viele von deinen guten Freunden wohl die Probe bestehen würden, dich plötzlich arm und ohne Mittel zu sehen? Ich für mein Teil glaube, daß in diesem Falle der Kreis dieser Edlen sich außerordentlich lichten würde.«

Holding war allmählich das Blut ins Gesicht gestiegen; die Bürste seines Freundes erschien ihm doch ein wenig zu scharf. »Du machst einen starken Gebrauch,« sagte er, »von unserem Kontrakt, uns gegenseitig nichts übel zu nehmen. Ich sitze hier schließlich vor dir wie ein armer leinener Geldsack, den man nur schätzt seines Inhaltes wegen. Ich weiß, du bist eine sarkastische Natur und schaust die Welt durch scharfe Gläser an, denn was du von meinen Freunden und Bekannten sagst, geht doch wohl zu weit. Ich glaube, in dieser Hinsicht spricht eine gewisse Verbitterung aus dir.«

Siebold rückte näher an den Tisch und trommelte heftig mit den Fingern: »O nein, nein, teurer Freund,« rief er, »das kommt nur auf eine Probe an. Ich will mich selber öffentlich in den Leitungen als den größten Simplicissimus dieses Erdteils bekannt machen, wenn das Resultat nicht zu meinen Gunsten ausfällt.«

»Wie meinst du das?« fragte Holding verwundert.

Siebold rückte noch näher an den Tisch und sprach, indem er scheinbar die Streichholzbüchse anredete: »Du könntest ja zum Beispiel dein Vermögen einmal versuchsweise verlieren. Plötzlich. Morgen früh vielleicht. Morgen abend gehst du ja in die Gesellschaft zum Geheimrat Isenberg, wo fast der ganze Bekanntenkreis sich zusammenfindet; ich bringe die Geschichte von dem Verluste deines Vermögens vorher unter die Leute – na, nachher, da werden wir ja sehen.«

»Hm,« sagte Holding, »was würdest du vorschlagen, soll ich es ins Wasser werfen, soll ich Fidibusse davon machen oder soll ich es dem armen Bettler schenken, der auf die Mildthätigkeit der Menschen mit einem Leierkasten spekuliert, der nur noch anderthalb Töne hat?«

»Ich verspreche mir am meisten Vergnügen,« sagte Siebold, »vom In-die-Grabbel werfen. Aber Scherz beiseite, du hast mich wohl verstanden. Du fingierst diesen Verlust und ich will schon dafür sorgen, daß es unter die Leute kommt. Was meinst du zu diesem Vorschlag? Rückgängig ist die Sache leicht wieder gemacht. Am anderen Morgen wird es für einen Irrtum erklärt, und die Sache ist in Ordnung.«

»Es widersteht mir eigentlich,« sagte Holding, »und doch reizt es mich, diesen Versuch zu machen. Schon um die Verkehrtheit deiner Anschauungen klar darzulegen, fühle ich mich dazu veranlaßt.«

Nach einigem Hin und Widerreden wurde dann wirklich beschlossen, die Sache in der vorgeschlagenen Weise zur Ausführung zu bringen, und nachdem die Freunde verabredet hatten, nach der Gesellschaft sich in der Weinhandlung von Joseph Engels in der Potsdamer Straße zu treffen, trennten sie sich.

... und Armut macht nicht glücklich.

Siebold hatte am anderen Tage seine Angelegenheit so geschickt als möglich betrieben. Er war vor dem Beginn der Gesellschaft zu Herrn Tütenpieper gegangen, einem älteren Junggesellen, der den Glanz und Ruhm seines Daseins darin suchte, in seinem Kreise der erste Verbreiter von Neuigkeiten zu sein, der seine Reden am liebsten anfing mit der Wendung: »Wissen Sie schon das Allerneueste?« und mit unermüdlicher Schnüffelnase bemüht war, diesen Ruhm aufrecht zu erhalten, und kein größeres Vergnügen kannte, als in der Weise eines Feinschmeckers so ein kleines Skandälchen bis auf das Intimste durchzukosten. Nachdem Siebold ganz beiläufig die große Sensationsnachricht mitgeteilt und gleichzeitig versichert hatte, sie sei noch vollständig unbekannt, weidete er sich noch eine Weile an Tütenpiepers Aufregung und Unruhe, denn dieser Herr erachtete jetzt jede Minute für nutzlos und verloren, die er mit dieser Kunde im Leibe unthätig in seiner Behausung verbrachte. Endlich verabschiedete sich Siebold, und indem er seine Wohnung aufsuchte, erfreute er seinen Geist damit, sich den braven Herrn Tütenpieper vorzustellen, wie er, strahlend im Glanze dieser ungeheuren Neuigkeit, den Mittelpunkt der Isenbergschen Gesellschaft bildete, wie er, umdrängt von dem Kreise der Neugierigen, achselzuckend mit den kleinen grünen Aeuglein zwinkerte, wie sein semmelblondes Gesicht und seine spitze Nase bald hier bald dort auftauchten und ein befriedigter Schimmer der Wichtigkeit und Unentbehrlichkeit von ihnen ausging, und wie er schmunzelnd lächelte gleich einem Mephisto aus Semmelteig.

In später Abendstunde begab sich Siebold an den verabredeten Ort. Er brauchte nicht lange auf seinen Freund zu warten, denn schon kurz vor elf Uhr hörte er ihn vor dem Eingange des kleinen Hinterzimmers Rauenthaler bestellen mit dem Zusatz: »aber schnell.« Dann trat er ein. Er versuchte zu lächeln, allein es gelang ihm nicht besonders; es war ein Lächeln von jener verkümmerten und trübseligen Sorte, die schon im Entstehen einfriert und nicht an sich selber glaubt. Als er an dem großen runden Tisch auf dem schwarzen Ledersofa saß, stierte er eine Weile vor sich hin, und da ihm sodann einfiel, daß Siebold jedenfalls eine Aeußerung von ihm erwarte, tastete er nach dessen Hand, die auf dem Sofa lag, und klopfte sie eine Weile, indem er wahrscheinlich dadurch ausdrücken wollte: »Warte nur, warte nur, es wird schon kommen!«

Nachdem er sodann zwei Gläser Wein rasch hinabgestürzt hatte, legte er sich zurück in die Sofaecke und sagte mit den Ausdruck der tiefsten Ueberzeugung: »Siebold, du bist ein Scheusal!«

Nach einer Pause fuhr er fort: »Du hast grausam an mir gehandelt, du hast den Nachtwandelnden angerufen, der am Rande des Abgrundes sorglos einhergeht, so daß er im Erwachen mit schauderndem Blick die Tiefen bemerkte, die neben ihm sich öffneten, du hast mir mit einem starken Ruck den Glauben an die Menschheit aus dem Herzen gerissen, und die Stelle ist nun leer und brennt. – Aber ich bin dir dankbar – ich möchte dich erdrosseln, aber ich bin dir dankbar. – Ueber alle Begriffe dankbar!« wiederholte er noch einmal und stierte dabei in die Luft mit der Miene eines auf einer einsamen Insel Ausgesetzten, der die letzte Spur eines vorüberfahrenden Schiffes am Horizont verschwinden sieht.

Siebold fühlte eine Regung von Mitleid in seinem Herzen, allein er schwieg.

»Bist du schon jemals Luft gewesen?« fuhr Holding fort, »hast du schon jemals Augen auf dir ruhen sehen, bei deren Blick du das Gefühl hattest, sie betrachteten durch dich hindurch jemand, der hinter dir steht? Du siehst dich unwillkürlich um, es ist aber niemand da. Mit solchen abwesenden Augen haben Leute mich heute angesehen und haben mit mir gesprochen, als hätten sie eine Maschine im Inneren, die das Notwendigste besorgte. Und alle hatten sie einen Drang, von mir loszukommen, als befürchteten sie eine Ansteckung. Ich hatte das Gefühl, als sei eine Kraft von mir genommen, die mich früher hob und trug und siegreich machte.«

»Es ging dir wie Simson,« bemerkte Siebold, »als sie ihm das lange Haar abgeschnitten hatten und er plötzlich fühlte, daß seine Muskeln Butter und seine Knochen Wachs waren.

»Ja, wie Simson,« wiederholte Holding, »sie hatten ihm das Goldhaar abgeschnitten.«

Nach einer Weile fuhr er fort: »Ich bin auch gutmütigen Augen begegnet, die mit einem Ausdruck von Mitleid auf mir ruhten, allein es waren wenige und ihr Eindruck ward wieder aufgehoben durch andere, in denen eine versteckte Schadenfreude lauerte – es waren meist Freunde, lieber Siebold, die allen meinen Launen sich am nachgiebigsten gezeigt haben, die stets bereit waren, meinen Ruhm mir ins Gesicht zu verkündigen.«

In diesem Augenblick veränderte Siebold seine Lage auf dem alten Glanzledersofa, und es entstand durch einen Zufall ein knarrendes Geräusch, wie wenn ein Seidenstoff zerreißt. Holding fuhr nervös zusammen. »Dieser furchtbare Ton,« rief er, »er bringt mich auf das entscheidende Ereignis des heutigen Abends. Antonie war auch da. Jetzt, da alles vorbei ist, darf ich dir es wohl gestehen, daß ich mich zuweilen mit dem Gedanken getragen habe, mein Schicksal mit dem ihren zu verbinden. Es war ein schmeichelndes Traumbild für mich, diese vielumworbene Schönheit und Herrscherin der Gesellschaft mein eigen nennen zu dürfen und an ihrer Seite ein vielbeneidetes Leben zu führen. Sie zeichnete mich sichtlich aus und begünstigte meine Hoffnungen, wie du wohl schon selber bemerkt haben wirst. Heute abend kam sie später als gewöhnlich. Ich sah sie in den Saal treten, und kaum hatten die Wirte sie begrüßt, so bemerkte ich Herrn Tütenpieper, der schmunzelnd und händereibend sich näherte, um seine Mission zu erfüllen. Sie erblaßte sichtlich, allein schnell fand sie ihre Fassung wieder; der Schwarm der Verehrer näherte sich allmählich, und sie stand bald in einer lebhaft plaudernden Gruppe, aus der zuweilen verstohlene Seitenblicke zu mir herüberzogen.

»Später sah ich sie durch den Saal gehen. Wahrlich eine königliche Gestalt. Kleine rundliche Figuren erhalten durch den nachfolgenden Schleppenschweif etwas possenhaft Putziges, allein einer solchen hoheitsvollen Schönheit kommt es zu wie ein natürlicher Ausklang. Die Zaghaftigkeit, die bereits über mich gekommen war, ließ es mich nicht wagen sie aufzusuchen, allein im Verlauf der Zeit kam es von selber, daß ich plötzlich vor ihr stand und mit ihr sprach, ich weiß nicht mehr was. Sie hatte ein Lächeln für mich, ein Lächeln, wie wenn die Sonne auf einer blanken Eisfläche glänzt, und ich merkte aus ihrem ganzen Wesen die innere Furcht, ich möchte Rechte geltend machen wollen, die ich aus ihrem früheren Benehmen gegen mich wohl hätte ableiten können. Das Gespräch dauerte nicht lange. Sie nahm die Gelegenheit wahr, sich einem anderen zuzuwenden, und auch ich wurde von einem Freunde angeredet, dem ich verwirrte Antworten gab. Und dann, wie es kam, vermag ich nicht zu sagen, fühlte ich plötzlich einen Zug an meinen Füßen, ich hörte ein verhängnisvolles Krachen von reißenden Nähten, ich taumelte erschreckt zurück von der Schleppe, auf die ich in meiner Verwirrung nicht geachtet hatte, und in demselben Moment sah ich ihr Antlitz mir zugewendet, mit jenem Ausdruck, der den Frauen für einen solchen Augenblick zu Gebote steht. Ein Medusenhaupt, lieber Siebold – ein Medusenhaupt! Ich begehre es nimmer wiederzusehen. Ich muß noch viel Wein trinken, um es aus meiner Erinnerung zu scheuchen. Sie rauschte stolz durch den Saal in ein Nebenzimmer und ich verlor mich, sobald es anging, aus einer Gesellschaft, in die ich niemals zurückzukehren wünsche.

»Am Ausgang traf ich Tütenpieper, der jedenfalls seine herrliche Sensationsnachricht heute abend noch weiter vertreiben wollte. Er belästigte mich mit einigen höflichen Redensarten und ließ durch alles, was er sprach, einen beleidigenden Ton freundschaftlicher Teilnahme durchschimmern, wozu er einen Mund machte wie ein luftschnappender Karpfen. Du weißt, ich habe ihn nie geliebt, allein heute abend fühlte ich etwas von den grausamen Regungen eines Indianers in mir, der seinen Feind langsam an einem Pfahl brät und ihm dazu kleine Hölzchen unter die Fingernägel treibt. Ich weiß, daß er an seinen Füßen mehr Hühneraugen als Zehen hat, und da ich nun einmal schon heute abend mit Ungeschicklichkeiten in der Uebung war, so benutzte ich die Gelegenheit und setzte ihm beim Abschied aus Versehen meinen Fuß mit der ganzen Wucht meines Körpers auf den seinigen. Ich weiß, es war peinlich, es war ordinär, es war meiner nicht würdig, aber der Schrei, den er ausstieß, war Balsam in meinen Ohren, und als er sodann kläglich die Straße entlang davonhumpelte, schaute ich ihm nach mit einem Gefühle innerlicher Befriedigung, das meinem Herzen äußerst wohlthat.«

Er lehnte sich in die Sofaecke zurück und schwieg eine Weile. Sodann richtete er sich wieder auf und fuhr fort: »Der heutige Abend ist ein Wendepunkt meines Lebens. Wie es werden soll, ist mir unbekannt, ich weiß nur, daß es anders werden wird. Doch jetzt vor allen Dingen gilt es zu vergessen. Dieser Abend gehört dem Rauenthaler!« Und er bestellte eine neue Flasche.

Als die Gläser frisch gefüllt waren, ergriff Siebold das seinige und sprach: »Der Reichtum gleicht der Sonne, die beides, Segen und Unsegen, in gleicher Weise spendet, die sowohl den befruchtenden Regen als den zerstörenden Orkan über die Erde sendet. Schon unsere ältesten Vorfahren waren sich der dämonischen Macht des Goldes bewußt, und in unserem nationalen Epos geht alles Unheil, aller Fluch vom Schatz der Nibelungen aus. Die Kraft dieses Dämons in segensreiche Bahn zu lenken, teurer Freund, laß von jetzt ab deine Sorge sein!« Die Gläser klangen mit hellem Ton aneinander.

Wandel.

Der nächste Morgen brachte Holding das Kopfweh einer durchschwärmten Nacht und das volle Bewußtsein seiner trübseligen Lage. Hinter ihm war die Brücke unwiderruflich abgebrochen und vor sich sah er ein wüstes unwirtliches Land, in dem Weg und Steg ihm unbekannt war. Aber er fühlte keine Reue. Er wollte die ganzen Folgen des einmal gewagten Schrittes tragen und hatte Siebold gebeten, den Widerruf einstweilen nicht stattfanden zu lassen. Das Gerücht mußte sich, dank Tütenpieper, mit rasender Geschwindigkeit verbreitet haben, denn den ganzen Morgen ward er überlaufen von bleichen Schustern, zitternden Schneidern, aufgeregten Friseuren, polternden Pferdevermietern und ähnlichen Gläubigern, die ihren Anteil aus dem Schiffbruch zu bergen trachteten und ihre Rechnungen einreichten. Er bezahlte sie alle und machte sich gegen Mittag fort, um die Einsamkeit des Tiergartens aufzusuchen.

Es war ein Märztag, klar und schön und voll Frühlingsahnung, wie sie dieser Monat zuweilen darbietet, wenn er in seiner Gebelaune ist. Die Sonne sendet unbehindert ihre Strahlen durch die entlaubten Wipfel und hebt den sanften grünlichen Schimmer hervor, der die knospenden Zweige des Unterholzes wie ein zarter Hauch umgibt. Der Frühlingsruf der Meisen und der schmetternde Schlag der Buchfinken tönt von allen Seiten durch den hellhörigen Wald; zuweilen schallt hoch aus sonnbeglänztem Wipfel der flötende Gesang einer Amsel, und doch, trotz allem Singen und Klingen, welch träumerische ahnungsvolle Stimmung schwebt über der Welt; ein stilles Sichbesinnen, ein heimlich Werden und Weben ist rings verbreitet, so daß man das stetige Aufsteigen des Saftes in die Zweige zu vernehmen glaubt und das unablässige Drängen und Wachsen der tausend jungen Frühlingskeime, die unter der schützenden Laubdecke des Bodens emporstreben.

Holding war nicht in der Laune, auf diese Dinge zu achten. Er schlenderte gesenkten Hauptes in den abgelegenen Wegen dieses anmutigen Waldes einher und dachte an die erfahrene Kränkung und an sein vergangenes Leben. Zum erstenmal war ihm mit Schärfe entgegengetreten, daß er eigentlich nichts war und nichts bedeutete. Er hatte stets auf weichen Kissen gesessen und niemals von der harten Not des Lebens etwas kennen gelernt. Seine Füße waren immer auf sanften Pfaden gewandelt, und er wußte nichts von den dornigen Ranken, die anderen, die ihre Wege selber bahnen müssen, sich hindernd um die Fuße schlingen, nichts von den tückischen Zweigen, die Voranwandelnde uns ins Gesicht zurückschnellen lassen. Er war durchs Leben geschlendert, dem müßigen Spaziergänger gleich, der bald hier dem Sange eines Vogels lauscht, bald dort sich in den Duft einer Blume vertieft und dann wieder behaglich am Wege steht und der Arbeit anderer zuschaut. Wahrhaftig, wenn er jetzt die Welt verließ, so blieb nichts zurück, an dem die Spuren seiner Thätigkeit hafteten, als eine Zigarrenspitzensammlung, die er verachtete.

Er dachte an Siebold und seinen rastlosen Fleiß, an die Hunderte von Werken, die dieser in seiner baukünstlerischen und kunstgewerblichen Laufbahn geschaffen und als selbständige Dinge in die Welt gestellt hatte, so daß sie von ihm zeugen mußten noch in spätester Zeit. Dunkle unklare Vorstellungen durchzogen sein Hirn, ein unbestimmter Drang ebenfalls zu schaffen und zu handeln und an der großen Menschenarbeit teilzunehmen. Wie draußen bei dem Schein der frühen Märzensonne die sprossenden Keime unter der Laubdecke verborgen zu dem noch unbekannten Lichte empordrängten, so regte sich auch in seiner Brust ein dunkles Weben und Streben, das noch nicht wußte, was es werden sollte.

Unter diesen Gedanken und Vorstellungen hatte er am zoologischen Garten den Tiergarten verlassen und schlenderte gesenkten Hauptes, die Hände auf den Rücken gelegt, den Kanal entlang, in der Absicht, Siebold aufzusuchen. Es war wenig Verkehr auf der Straße und Holding war überdies nicht in der Stimmung, auf die Begegnenden zu achten. So überhörte er auch, daß sich schnelle Schritte und das Rauschen von Kleidern hinter ihm näherten. Ein ältlicher Herr von ländlichem Aussehen mit glattrasiertem Gesicht und weißer Halsbinde führte eine junge Dame am Arm und da, als beide sich näherten, gerade ein Bauzaun das Trottoir einengte und Holding keine Anstalt machte auszuweichen, so waren sie genötigt, auf die Straße zu treten und um ihn hinwegzugehen. Die Wendung nach diesem Manöver auf den Fußsteig zurück fiel indes jedenfalls zu kurz aus, die Schleppe der jungen Dame schwenkte sich schnell herum, und plötzlich fühlte Holding wieder den verhängnisvollen Zug an seinen Füßen, und das ihm so entsetzliche Krachen reißender Seidennähte tönte in sein Ohr. In plötzlicher Erinnerung an seinen gestrigen Unfall war er aufs äußerste bestürzt, er vermochte weiter nichts als zusammenfahrend eine unverständliche Entschuldigung auszustoßen. Aber wie ward ihm zu Sinne, – wie von Sonnenschein übergossen ward sein Gemüt, als die junge Dame, statt mit dem erwarteten Giftblick ihn zu strafen, ein anmutig lächelndes Antlitz zurückwendete und ihn mit Augen anblickte, welche zu sagen schienen: »Es hat nichts zu bedeuten, verzeih, daß meine Ungeschicklichkeit dich so erschreckt hat.« Es lag so viel Güte, Selbstlosigkeit und Anmut in diesem Ausdruck, daß Holding in einem Gefühl der angenehmsten Ueberraschung stehen blieb und den beiden, die mit eiligen Schritten ihren Weg fortsetzten, verwundert nachsah.

Eine seltsame Wirkung hatte dieses kleine Ereignis auf ihn. Wie hinweggeschmolzen war plötzlich alle Verdrießlichkeit und Verstimmung vor diesem einen gütigen Blick aus schönen Augen. »Dem Himmel sei Dank, es gibt doch noch gute Menschen!« sagte er unwillkürlich ganz laut und folgte dann schnelleren Schrittes, um die junge Dame nicht so bald aus den Augen zu verlieren. Ein tiefes Wohlwollen für dieses weibliche Wesen erfüllte ihn. Wie sie am Arme des Alten so leicht und frei und doch so voll Demut einherschritt! Ein Hauch von Gesundheit und Frische ging von ihr aus, und in der kräftigen Fülle ihrer Erscheinung lag dennoch wieder eine stille Zartheit, eine so entzückende Vereinigung von Kraft und Anmut, daß Holding glaubte, nimmer dergleichen gesehen zu haben. Er folgte den beiden in gemessener Entfernung. Sie gingen über die Potsdamer Brücke und die Potsdamer Straße hinunter. Dann bogen sie ab und verschwanden in Frederichs Hotel. Die Welt war plötzlich leer, Holding ging langsam weiter und betrachtete das kleine Hotel mit einem Interesse und einer Andacht, als hätten sich plötzlich seine grauen Mauern in einen schimmernden Märchenpalast aus Gold und Edelstein verwandelt. Dann ging er ganz hintersinnig bis zum Potsdamer Platz, kehrte wieder zurück, um sich das merkwürdige Haus noch einmal anzusehen. Ob er sich gewundert hätte, wenn unter dem Musizieren von buntbekleideten Zwergen, die auf goldenen Trompeten bliesen und silberne Pauken dazu rührten, die Schöne in einem Kleide wie die Sonne auf den Altan getreten wäre, um die Huldigungen des Volkes entgegenzunehmen, ist sehr die Frage.

Neue Bahn.

Dieses Begegnis kam Holding nicht wieder aus den Gedanken. Am nächsten Tag ging er in aller Frühe nach Frederichs Hotel und erkundigte sich nach den Namen der Fremden. Er brachte in Erfahrung, daß der Prediger Junius aus Bordau, einem Dorfe der Provinz, mit seiner Tochter sich hier einige Tage aufgehalten habe, jedoch am gestrigen Nachmittage bereits wieder abgereist sei. Der Oberkellner reichte ihm sodann, nachdem er diese Auskunft gegeben hatte, die Kreuzzeitung und sagte: »Der Herr Prediger hat durch uns eine Anzeige befördern lassen, die heute in der Zeitung steht; vielleicht wünschen Sie ihn deshalb zu sprechen?«

Holding nahm das Blatt und las:

> »Zum ersten April suche ich für meinen zwölfjährigen Sohn einen akademisch gebildeten Hauslehrer.
>
> *Bordau*, den 18. März 1878.
>
> *Junius*, Prediger.«

Holding verabschiedete sich, ging spornstreichs an die nächste Straßenecke und kaufte die Kreuzzeitung. Dann verfügte er sich eilfertig nach Hause und vertiefte sich wohl eine Stunde lang in das Studium dieser Anzeige, indem er drei Zigarren dazu aufrauchte. Sodann nahm er einen Rotstift, machte einen dicken Strich an den Rand, setzte sich in eine Droschke erster Klasse, fuhr zu Siebold und teilte diesem das Erlebnis des gestrigen Tages mit. Es darf nicht verwundern, daß die Wichtigkeit, mit der Holding diese Angelegenheit behandelte, dem Freunde die Mundwinkel ironisch kräuselte, allein in eine wirkliche Verwunderung geriet dieser, als jener plötzlich die Kreuzzeitung hervorholte und ihm das rot angestrichene Inserat unter die Augen hielt.

»Nun, was bedeutet das?« fragte Siebold.

»Akademische Bildung wird verlangt,« antwortete Holding; »die besitze ich. – Du hast durch deinen Rat mich in die Lage gebracht, in der ich mich jetzt befinde, nun verlange ich als Beweis deiner

Freundschaft von dir, daß du alle Mittel in Bewegung setzest, um mir diese Stellung zu verschaffen. Da ich nun einmal für arm gelte, so will ich es auch weiter scheinen und mir die Liebe und Achtung der Menschen durch eigene Arbeit zu erringen versuchen. Ich leugne dabei nicht, daß dieses Mädchen bei der ersten Begegnung einen großen Eindruck auf mich gemacht hat und daß dieser Eindruck ein Hauptbeweggrund meines Handelns ist – aber, lieber Siebold, die Sache liegt nun einmal so, ich will keinen Rat mehr, ich will Hilfe, und da ich weiß, du hast durch deinen Onkel Verbindungen in den Kreisen der hohen Geistlichkeit, so bitte ich dich, das Deinige zu thun, mir sofort eine möglichst einflußreiche Empfehlung zu verschaffen.«

Es half Siebold nichts, daß er alle Mittel versuchte, seinen Freund von diesem auffallenden und übereilten Vorsatze abzubringen, und so sah er sich denn schließlich genötigt nachzugeben und sofort zu seinem Onkel, dem Provinzialschulrat, zu fahren. Hier traf er es insofern sehr glücklich, als sich herausstellte, daß der Prediger Junius ein Studienfreund des Onkels war, und es gelang ihm, indem er sich für seinen Freund Holding vollständig verbürgte, die schwerwiegende Empfehlung seines Onkels zu erhalten.

Somit wurde die Sache also gefördert, daß nach dem Verlaufe von acht Tagen Holding bereits in dem Besitze eines Schreibens aus Bordau war, das ihm die gewünschte Stellung zusicherte. Wegen der fortgeschrittenen Zeit sah er sich genötigt, sofort seine Anstalten zur Abreise zu treffen, und am 31. März verabschiedete er sich von Siebold, der ihm bis zum Stettiner Bahnhof das Geleit gegeben hatte, und dampfte etwas bänglichen Herzens, aber doch wohlgemut, davon, seiner Zukunft entgegen. Siebold sah dem sich entfernenden Zuge noch eine Weile tiefsinnig nach; dann schüttelte er ein wenig mit dem Kopfe, schnippte mit den Fingern und kehrte langsam, den weiten Weg zu Fuß durchschreitend, in seine Wohnung zurück.

Idylle.

Bordau, den 14. April 1878.

Lieber Siebold!

Es ist Sonntag Nachmittag, lieber Freund, weißt Du, was das auf dem Lande zu bedeuten hat, noch dazu an einem Tage, an welchem die Sonne so freundlich scheint wie heute? Es bedeutet: Ruhe, Frieden, Behaglichkeit, Beschaulichkeit. Ich weiß »hinten, weit, in der Türkei« gibt es Leute, verdrießliche übersättigte Leute, für die ich ein tiefes Bedauern empfinde; diese würden sich vielleicht weit kürzer fassen und würden sagen, es bedeutet Langeweile. Nun, je nachdem! Ich freue mich der Ruhe und des Friedens dieses Sonntages und diese Freude habe ich mir ehrlich verdient, denn es ist keine Kleinigkeit, sich in die Geheimnisse der unregelmäßigen Verba und der griechischen Konjugation plötzlich wieder hineinzuarbeiten, und die Kunst ist nicht gering zu achten, einem jungen intelligenten Menschen von zwölf Jahren Dinge zu lehren, die man bereits seit langer Zeit wieder vergessen hat. Aber es macht sich, lieber Siebold.

Ich sitze augenblicklich am offenen Fenster, natürlich einer Giebelstube, und wenn ich meine Augen erhebe, so blicke ich in den knospenden Frühlingsgarten, woselbst schon allerlei freundliche Krokos und verborgene Veilchen blühen, die zuweilen einen sanften Dufthauch zu mir herauf senden. Rechts über den Gartenzaun sehe ich den Wirtschaftshof und kann mich erfreuen an der Beobachtung eines prachtvollen Hahnes, der im deutlichen Gefühl seiner übernatürlichen Schönheit und seiner hühnerologischen Verdienste den Kamm sehr hoch trägt, und wenn er stolz dahinwandelt, ganz außerordentlich mit den Sporen aushaut. Weiterhin macht sich ein Truthahn bemerklich, der den größeren Teil des Tages darauf verwendet, sich aus unaufgeklärten Gründen in Wut zu befinden. Ich kann mir nur denken: er ärgert sich darüber, daß er gar keinen Grund zum Aerger hat. Es gibt ja auch Menschen von ähnlicher Gesinnung. Während ich noch mit der Beobachtung dieser nachdenklichen Thatsachen beschäftigt bin, machen sich schon wieder die Enten bemerklich, die bis jetzt beieinander platt auf dem Bauch in der Sonne gesessen und verdaut haben. Plötzlich von Entschlüssen, wie diese Tiere sind, erheben sie sich alle mit einemmal und watscheln in langer Reihe dem Teiche zu, woselbst sie mit Schlammschnabbern und Kopfstehen ihre Künste betreiben und zuweilen plötzlich, ohne jeden ersichtlichen Grund, in taktmäßigem Chor in ein ungeheures: »Park, park, park!« ausbrechen. Ich bemerke, die unendliche Fülle des sich mir darbietenden Stoffes reißt mich hin und ich breche ab, ohne den Tauben gerecht zu werden, die im Sonnenschein gurren, und ohne der Schwalben genügend zu gedenken, die über meinem Fenster ihre Nester haben; das übrige mannigfaltige Viehzeug, das in den Kreis meiner Beobachtung kommt, will ich gar nicht erwähnen. Es fehlt nur noch, Dir zur Vervollständigung des Bildes mitzuteilen, daß ich zu alle diesem eine lange Pfeife rauche. Ich habe mir sechs von diesen Instrumenten aus der Stadt mitbringen lassen. Es sieht kandidatenmäßiger aus.

Da ich voraussetze, daß Du jetzt eine vollständig gesättigte Vorstellung gewonnen hast von der Lage, in der ich mich in diesem Augenblick befinde, so erlaube mir, daß ich Dich in meiner jungen Begeisterung für den Sonntag auf dem Lande, mit den weiteren Vorzügen dieses Tages bekannt mache.

Gleich morgens beim Aufwachen entzückt mich der Gedanke, daß heute keine Schule ist. Die unregelmäßigen Verba stehen einer unschädlichen Wolke gleich am fernen Horizont, es ist der herrliche Tag, da die Geographie aufhört und die Weltgeschichte zu Ende ist. In diesem Hochgefühl drehe ich mich auf die andere Seite, um noch »ein Auge voll zu nehmen«, allein es ist unmöglich, bei dieser angenehmen Aufregung wieder einzuschlafen.

Demnach kleide ich mich an und wandere in den Garten, wo die Vögel ihre Morgenmusik machen und es mancherlei zu beobachten gibt. Zum Beispiel, ob die Spargel schon kommen, wie die Erbsen sich befinden und ob man die Radieschen bald ziehen kann. Dabei weht eine ganz andere Luft als an anderen Tagen, sie ist reiner und feierlicher und frei von dem Geräusch der Arbeit. Zum Kaffee finden sich alle Hausbewohner zusammen, und hier kann ich nicht mehr umhin, einer gewissen Persönlichkeit Erwähnung zu thun, die die eigentliche Veranlassung meines Hierseins ist. Sie heißt Frida. Ich habe diesen entzückenden Namen früher nie ausstehen können. Ich hatte als kleiner Knabe eine Tante dieses Namens, die nicht von der Anschauung abzubringen war, daß Bonbons den Zähnen schädlich seien, und die mir täglich siebenmal einen gewissen kleinen Otto als Musterbeispiel vorführte. Ich habe dieses Futteral aller menschlichen Vorzüge niemals gesehen und bin heute der Anschauung, daß er nichts gewesen ist als ein Phantom, eine pädagogische Erfindung meiner Tante, mich auf den Pfad der Tugend zu locken - aber gehaßt habe ich ihn mit der ganzen Kraft meiner Seele und noch bis vor kurzem flößte mir jeder Mensch Mißtrauen ein, der diesen Vornamen führte. Hiernach brauche ich Dir wohl kaum noch mitzuteilen, daß mein Zögling Otto heißt.

Ich weiß, Du hältst mich für verliebt und Du nennst in Deinen Gedanken mein Hiersein den Streich eines Hals über Kopf Verliebten. Du bist sehr im Irrtum. Was ich für Frida empfinde, könnte man am besten mit Wohlwollen und Verehrung bezeichnen. Es ist das Gefühl, das uns ergreift, wenn wir einem Werke der Natur gegenüber stehen, das in sich vollendet ist, und wenn ich an sie denke, so ist es mir »als in den Mond zu sehn«. Doch Du wirst dies alles nicht glauben, und ich sehe deutlich in Deinen Mundwinkeln die bekannten fatalen Kräusel. Somit will ich denn in der Darstellung meiner sonntäglichen Vergnügungen fortfahren, und da muß ich nun des Küsters gedenken, der auf dem Turme mit zwei Glocken ein äußerst kunstreiches Gebimmel vollführt, das in bestimmten Pausen oftmals wiederholt wird und jedesmal pianissimo anfängt, zur äußersten Stärke anschwillt und dann wieder abnimmt und ebenfalls pianissimo endet. Heute morgen war ich auf dem Turme und habe dabei zugesehen. Die Kirche liegt auf dem höchsten Punkt des Dorfes und man hat aus den Schalllöchern eine freie Umschau in die Gegend. Da ist es nun bemerkenswert zu sehen, wie von allen Seiten von den entlegeneren Orten her, wie von den Glockentönen herbeigezogen, die Leute auf die Kirche zustreben. Auf den Landwegen fahren die Wagen, während die Fußgänger meist auf Richtwegen, sogenannten Kirchsteigen, durch Kornfelder und Wiesen dahergezogen kommen, wo sie Reihen von dunklen Punkten bilden. Sie sammeln sich dann an der Kirche und stehen zwischen Gräbern umher in der Sonne, die Frauenzimmer im Sonntagsstaat, ein Gesangbuch, ein gefaltetes Taschentuch und einen Strauß von starkriechenden Blumen in den Händen, und die Männer im langen Staatsrock. Alle tragen sie dabei ein feierliches und gedämpftes Wesen zur Schau. Endlich kommt dann der kleine Sohn des Küsters mit dem riesigen Kirchenschlüssel und einer noch viel größeren Vorstellung von der Wichtigkeit seiner Mission und schließt die Kirche auf, welcher Akt von seinen gegenwärtigen Altersgenossen mit einem Ausdruck scheuer Bewunderung wahrgenommen wird, und selbst in den Mienen der alten Leute lese ich eine gewisse Befriedigung darüber, daß der Junge seine Sache so ordentlich und küstermäßig macht. Die Kirche füllt sich mehr und mehr, und nun kommen auch die wohlhabenden Bauern der Gegend zu Wagen an, der behäbige Domänenpächter mit seiner rundlichen Frau und zwei rosigen Töchtern, und zuletzt der Herr Baron, dessen Damen einen Hauch von Residenzlust um sich verbreiten und an diesem Orte wie exotische Blumen aussehen. Zuletzt kommt dann auch der alte, würdige Prediger in seinem schwarzen Talar durch das junge Frühlingsgrün gegangen und verschwindet in der kleinen Thür der Sakristei. Wir haben uns unterdes ebenfalls in die Kirche verfügt, und nun beginnt die Orgel und der Gesang, wobei ein alter Bauer mit einer unbeschreiblich krähenden Stimme sich besonders durch eine furchtbare Inbrunst und durch die Eigenschaft hervorthut, an bestimmten Stellen des Liedes in die Oktave überzuschnappen, offenbar jedoch der sicheren Ueberzeugung lebt, er und der Küster hielten die Sache aufrecht. So kommt die Zeit heran, da der gute, alte Prediger mit seinem weißen Haar und seinem rosigen Antlitz auf der Kanzel erscheint und eine milde, freundliche Predigt hält, die von Herzen kommt und zu Herzen geht, eine Predigt, die Aehnlichkeit hat mit dem Sonnenschein, der in breiten Strömen durch die alten Spitzbogenfenster hineindringt und Licht in die dunkelsten Winkel sendet. Aber manche von den verhärteten Bauernseelen mögen wohl schärferer Mittel zu ihrer Erbauung bedürfen, und es schmerzt den wahrheitsliebenden Berichterstatter tief, die Thatsache berichten zu müssen, daß jener alte Gesangskünstler, wahrscheinlich infolge der überstandenen Anstrengung, alsbald in einen sanften Schlaf verfällt und daß ein anderer älterer Herr in Kniestiefeln bei seinem mannhaften Ringen mit dem Dämon des Schlafes fortwährend mit dem Kopfe vornüber schießt und sich infolgedessen in einem fortwährenden Kampf mit einem unsichtbaren Ziegenbock zu befinden scheint. Aber das Bewußtsein der Heiligkeit des Ortes läßt niemand darüber lachen; vielleicht ist man auch durch jahrelange Gewohnheit gegen solchen Anblick abgestumpft, und ich glaube fast, ich, dem dies alles neu und nie erlebt ist, bin der einzige, der solches mit Bewußtsein bemerkt. Und wie soll ich Dir beschreiben jenes Gefühl, das mich trotz aller Aufmerksamkeit auf die Worte des Vaters kaum einen Augenblick verläßt, das Gefühl von der anmutigen Nähe seiner Tochter, deren sanfte Atemzüge mir durch das leise Knistern des sonntäglichen Seidenkleides vernehmlich sind. Zwar sitzt mein Zögling zwischen uns und doch verspüre ich an dieser Seite immer etwas wie einen sanften, elektrischen Anhauch.

Die Ströme des Sonnenlichtes rücken weiter und machen Dinge glänzen, die vorhin im Schatten lagen; ein verirrter Schmetterling flattert durch die Kirche und schlägt mit den Flügeln gegen die bleigefaßten Scheiben. Draußen zwitschern die Sperlinge und die ruhelos an den Fenstern vorüberschießenden Schwalben, und allmählich geht die Predigt zu Ende.

Mein lieber Siebold, ich bemerke vielleicht zu spät, daß ich diesen Brief angefüllt habe mit lauter kleinen Dingen, die mancher der Beachtung vielleicht nicht wert halten würde. Aber ich tröste mich mit einem Ausspruch, den Du gern im Munde führst und der also lautet: »Es gibt nichts Kleines in der Welt – der Kölner Dom ist auch nur aus Sandkörnern erbaut.« So laß es Dir gefallen, wenn ich alles, was mir einfällt, so an Dich hinschreibe, und sei allerbestens gegrüßt. Es dunkelt schon und ist ganz still geworden. Die Luft weht kühl von den Wiesen und am Horizont des hellgrauen klaren Frühlingshimmels brennt das Abendrot und leuchtet durch zierliches Gezweige der Bäume, die vom ersten jungen Grün des Frühlings leise angehaucht sind. Leb wohl für heute!

Dein *Eduard Holding*.

Wald und Sonne.

Bordau, den 15. Mai 1878.

Lieber Siebold!

Wir haben gestern Fridas Geburtstag gefeiert. Wie gern hätte ich sie an diesem Tage mit Kostbarkeiten überschüttet, mit Schmuck und herrlichen Stoffen, und doch hatte ich wieder das Gefühl, daß zur Hebung dieser Art von Schönheit alle diese Künste nichts beitragen können. Nur Perlen hätte ich ihr schenken mögen. Der reine, weiße Mondesglanz der Perle, die nicht funkelt und nicht blitzt, sondern gleichsam von innen heraus einen stillen, sanften Schein von sich gibt, würde ihrem Wesen entsprechen. Da nun dies alles aber nicht sein kann, so bin ich als armer Kandidat des Morgens sehr früh aufgestanden und in den Garten gegangen und habe meine ersten Studien in der Kunst, einen Blumenstrauß zu binden, gemacht. Es ist nicht leicht, und ehe man die Dinger so hat, daß sie sitzen, wo sie sollen, und alles paßt, wie es muß, da kann einen manchmal die Verzweiflung anwandeln. Aber schließlich ist es mir doch so leidlich gelungen.

Lieber Siebold, es ist ein schöner Anblick, zu sehen, wie sich ein Menschenkind so recht von innen heraus freuen kann. Als ich die kleinen dürftigen Geschenke sah und die innige Herzensfreude, mit der sie entgegengenommen wurden, da ist mir etwas wie Rührung in die Augen gekommen.

Es war ein wundervoller Maientag und somit konnte der Plan, den Geburtstag im Walde zu feiern, zur Ausführung gebracht werden. Am späten Vormittag spannte Friedrich die beiden kleinen Littauer vor den offenen Wagen; ein sehr vertrauenerweckender Korb, aus dem einige freundliche Flaschenhälse ragten, wurde unter den Kutschersitz geschoben, und fort ging es unter lustigem Peitschengeknall in den Frühlingstag hinaus.

Man darf es sagen, der hatte auch das Seine gethan. Den ganzen Himmel hatte er voll singender Lerchen gehängt und alle Büsche hatte er mit lustigen Musikanten besetzt. Er schickte den Frühlingswind – man konnte sehen, wie er über die grünen Saatfelder rannte –, der kam als Läufer vor uns her, und jungbelaubte und blühende Bäume standen am Wege und grüßten uns mit nickenden Zweigen.

Dann nahm der Buchenwald uns auf, dessen Laub in hellgrüner Pracht stand. Am Rande waren in den Wipfeln die Buchfinken, die uns mit schmetternden Fanfaren begrüßten, doch weiterhin ward es stiller, nur fernes Gurren von verliebten Tauben und zuweilen der Schrei eines Raubvogels ward hörbar. So ging es weiter - zuweilen fiel der Blick durch eine Waldlücke in ferne sonnengrüne Einsamkeit, zuweilen kam eine Wiese, wo schon einzelne Schmetterlinge im Sonnenscheine flogen, zuweilen eine einzelne Eiche, die den dunklen Stamm mächtig zwischen den hellen Buchen erhob und trotzig ihren Platz behauptete. Unten war es windstill und friedlich über dem mit Sonnenlichtern bestreuten Boden, doch oben ging ein unablässiges leises Rauschen - es war, als führen wir auf dem Boden eines grünen Meeres daher, das über uns seine Wellen schlug. Und zu alledem das beseligende Gefühl, einem der schönsten und liebenswertesten Mädchen der ganzen Welt gegenüber zu sitzen und mit ihm in die sonnige Welt zu fahren und all die Frühlingslust in ihren leuchtenden Augen widerglänzen zu sehen.

Endlich schnauften die kleinen Pferdchen eine sanfte Anhöhe hinauf; es ward lichter zwischen den Bäumen, und als wir oben anlangten, sahen wir zur Seite den Grund sich wieder senken und aus der Tiefe den See seine Sonnenblitze senden.

Hier hielten wir an, weil ein gebahnter Weg nicht hinabführte; Friedrich nahm den hoffnungsreichen Korb auf seine Schulter, und wir stiegen durch das weiche Laub, das viele Jahre hier aufgehäuft hatten, langsam hinunter.

Ich habe selten ein schöneres Plätzchen für einen solchen Ausflug gesehen. Vom Hügel herab ging ein sanfter Einschnitt, in dem eine Quelle entsprang und über Sandgrund und glatte Steine hinabrieselte, auf den See zu. Buchen von seltener Pracht und Größe ragten hier mächtig empor; doch standen sie nicht so häufig, daß ihr Schatten den Graswuchs verhindert hätte, der überall zwischen großen moosigen Steinen üppig hervorkam und gar anmutig von blühenden Frühlingsblumen durchwirkt war. Und durch den Einschnitt hatte man einen Blick, von Buchenzweigen schön umrahmt, auf den glänzenden See, den leichte Wellen anmutig kräuselten, und auf seine waldigen Buchten, die von einem träumerischen blauen Dufte erfüllt waren.

Zwischen zwei großen Felsblöcken, am Abhang zur Seite der Quelle, wurden Decken ausgebreitet und die Lagerstatt errichtet. Der Prediger, der in diesem Fache ein Spezialist zu sein behauptete, machte sich daran, unter genauer Beobachtung der herrschenden Windrichtung, einen Feuerherd aus Feldsteinen zu erbauen, und indes Frida in hausmütterlicher Geschäftigkeit den verheißungsreichen Korb auspackte, machten mein Zögling und ich uns an die Arbeit, das nötige Holz zu lesen.

Wie schien der sonst so stille Wald so ungewohnt der fröhlichen Stimmen, die ihn jetzt durchschallten. Große Vögel, die in den Wipfeln gerastet hatten, erhoben sich mit schwerem Flügelschlag, und auf der Laubdecke botanisierende Eichhörnchen sprangen erschreckt eilfertig den glatten Stamm empor, aus sicherer Höhe neugierig um die Ecke lugend. Nachdem ein genügender Holzvorrat angesammelt war, begaben Otto und ich uns hinab an das Seeufer, um für das Festmahl einen weiteren Beitrag zu liefern. Unter den vielen Steinen, die den Seegrund des seichten Ufers bedeckten, gab es zahlreiche Krebse, und nachdem wir uns der Stiefel und Strümpfe entledigt hatten, machten wir uns umherwatend daran, die krabbelnden Gesellen aus ihren Schlupfwinkeln hervorzuholen, welches Attentat sich diese Panzertiere natürlich ohne Gegenwehr nicht gefallen ließen und uns manch herzhaften Kniff beibrachten. Wir hatten aber den Triumph, daß das Resultat unserer Jagd die Erwartungen der Zurückgebliebenen durchaus übertraf und uns Lob und Bewunderung eintrug. Unterdessen waren diese auch nicht müßig geblieben; ein mächtiges Feuer loderte um einen Kessel, in dem Kartoffeln in der Schale gekocht wurden, und der bläuliche Rauch stieg hoch empor, sich unter den grünen Wipfeln verteilend, wo der Sonnenschein lange helle Streifen hineinwebte. Auf dem Rasen war ein weißes Tuch gedeckt und mit reinlichem Geschirr und allerlei verlockenden Dingen besetzt, und in der Quelle, wo sie am kühlsten war, ruhten zwei Flaschen Rheinwein.

So lagerten wir uns denn fröhlichen Mutes um die gedeckte Tafel und thaten dem zarten rosigen Schinken, der köstlichen Butter, süß wie Nußkern, der schön bräunlich glänzenden kalten Ente, den köstlichen Radieschen und ähnlichen ländlichen Gerichten alle Ehre an, und als die rötlichen Krebse dampfend in die Schüssel geschüttet waren, erhoben wir unsere Gläser, deren Inhalt golden in der Sonne funkelte, und klangen sie zusammen und brachten dem Geburtstagskinde ein Hoch, das wiederum gar seltsam durch den jungfräulichen Wald schallte.

Nach dem Essen suchte sich der alte Herr ein stilles sonniges Plätzchen und deckte sich sein rotseidenes Taschentuch über das Gesicht, um sein gewohntes Schläfchen zu halten. Wir Jungen dagegen beschlossen, einen Streifzug in die Umgegend zu unternehmen. Wir wandten uns zunächst der Höhe wieder zu, um in weitem Bogen die sumpfigen Stellen zu umgehen, die durch die überall auf dem Abhang zu Tag tretenden Quellen gebildet wurden. Dort fanden wir einen Fußweg, der wieder an den See zurückführte und an seinem Ufer entlang lief. Als wir dieses, abwärts steigend, wieder erreicht hatten, traten wir zugleich aus dem Hochwald hinaus, auf einen schmalen Wiesenstreifen, der das Seeufer säumte, während das zur Seite ansteigende Uferland mit niederem Gesträuch und Buschwerk besetzt war. Da es die Zeit der Vogelnester war und der mannigfaltige Gesang, der aus diesen Büschen schallte, auf eine reiche Einwohnerschaft von gefiederten Gesellen schließen ließ, so ward Otto bald abgezogen vom Wege, und man sah nur noch seinen blonden Kopf zuweilen zwischen den Büschen auftauchen und wieder verschwinden. Zuerst rief er uns bei jeglicher neuen Entdeckung und wir mußten wohl oder übel durch das Gestrüpp zu ihm dringen, um die niedlichen Nester mit den gepunkteten oder gestrichelten Eierchen zu bewundern, aber bald trieb ihn sein Jagdeifer immer weiter, so daß wir schließlich nichts mehr von ihm sahen und hörten.

So gelangten wir denn allein an das Ziel unseres Ausfluges, einen anderen Buchenwald, an dessen Abhang hinauf unzählige Maiglöckchen blühten, die mit süßem Duft den Raum erfüllten. Wir machten uns an die Ernte. Es war hold zu sehen, wie sie neben den Blumen kniete, die so frisch und unberührt waren, wie sie selber, wie sie jauchzend aufsprang und zu einem Orte eilte, den sie unterdes entdeckt hatte, wo sie noch üppiger wuchsen, und es war, als ob der Wald das Echo ihrer anmutigen Stimme mit schmeichlerischem Wohlbehagen wieder zurückgab. So botanisierten wir immer höher den Berg hinauf und vergaßen in unserem Wetteifer Zeit und Stunde. Wir hatten schon eine ganze Last Maiblumen gesammelt, als uns plötzlich war, als hörten wir in der Ferne rufen. Wir horchten, aber es kam nicht wieder. Ich sah nach der Uhr und siehe da, wir waren schon über die verabredete Stunde ausgeblieben. Wir eilten den Berg hinab und gingen schnell am Seeufer wieder zurück. Der Weg erschien uns länger, als es vorhin den Anschein gehabt hatte. Als wir den Buchenwald wieder erreicht hatten und nun von unserem Lagerplatz nur durch das sumpfige Terrain getrennt waren, stand Frida still, atmete tief und sagte: »Mir ist so seltsam zu Mute, es ist mir immer, als hätte sich etwas Schlimmes in unserer Abwesenheit ereignet.« Dann blickte sie auf das Sumpfland und fuhr fort: »Früher als Kind bin ich hier einmal trockenen Fußes durchgegangen, indem ich von Stein zu Stein sprang - das war allerdings im August, wo es trockener ist. Machen wir den großen Umweg über den steilen Berg, so dauert das eine halbe Stunde, gehen wir hier, so können wir in zehn Minuten dort sein.«

»Versuchen wir es!« sagte ich. Sie eilte auf das Sumpfland zu, stieg auf einen Stein und sah in die Ferne, soweit die sich zusammenschiebenden Stämme es zuließen. »Ich glaube, es wird gehen,« sagte sie.

»Aber lassen Sie mich vorangehen, damit ich den Weg prüfe und Ihnen behilflich sein kann,« sagte ich.

Anfangs ging es ganz gut. Es war ein feuchter, weicher Boden, in dem zuweilen kleine Wasserfäden rieselten und grünes, üppiges Kraut aufgeschossen war; allein die zahlreichen bemoosten Steine lagen so dicht, daß es nicht schwer war, von einem zum anderen schreitend, vorwärts zu gelangen. Dann kam ein trockener Rücken, mit Farrenkraut bewachsen, dann wieder ein kleines Rinnsal mit weithin versumpften Rändern und dann mehrte sich wieder die Feuchtigkeit und die Steine wurden seltener. Zuweilen standen wir still und überlegten, wie wir weiter kommen sollten.

Sie nahm unbefangen meine hilfreiche Hand an und stützte sich ohne Scheu auf meinen Arm und fühlte nicht, wie das Blut schneller durch meine Adern rauschte. Ich muß gestehen, ich wünschte nicht, daß diese sumpfige Einöde so bald ein Ende nähme. Stundenlang hätte ich mit diesem holden Wesen, das ganz auf meinen Schutz und meine Hilfe angewiesen war, so weiter wandern mögen. Endlich standen wir beide nebeneinander auf einem Steine, der so schmal war, daß unsere Schultern aneinander ruhten und ich den Arm um ihren Leib legen mußte, damit sie nicht hinabglitt, und sahen, daß es nicht weiter ging. Vor uns, etwa fünfzig Schritte weit, leuchtete es grün in der Sonne von nassem Moos und üppigem Krautwerk und überall blitzte das feine Wassergeriesel hervor. Es lagen wohl einige Steine verstreut, allein die Entfernung dieser voneinander war zu groß, als daß sie uns viel hätten nützen können. Wir standen eine Weile und schwiegen und suchten mit den Augen einen Ausweg. Es war ganz still im Walde, denn der Wind hatte sich gelegt und Bäume und Kräuter hielten still ihre Blätter dem Sonnenschein entgegen, der in schrägen Strömen seinen Weg durch das Gezweige nahm. Nur über uns in den Wipfeln sangen die Rotkehlchen und zu unseren Füßen war das unaufhörliche klingende Geriesel des Wassers vernehmlich.

»Horch, hörten Sie nichts?« sagte Frida, »rief es da nicht wieder?«

Wir lauschten, allein der ferne Schrei eines Wasservogels war alles, was die stille Luft zu uns herübertrug.

»Was sollen wir anfangen?« sagte Frida dann, »wir müssen doch weiter!«

»Vorwärts geht es nicht,« gab ich zur Antwort; »es bleibt uns nichts übrig, als umzukehren und den anderen Weg zu wählen.«

»Gibt es denn keinen anderen Ausweg?« sagte sie, und ich merkte ein Beben in ihrer Stimme. Ich fühlte, daß ihr Atem schwerer ging und daß ihr Busen sich stärker hob und senkte, und als ich nach ihren Augen blickte, las ich doch ein wenig Verwirrung darin über die seltsame Lage, die uns so eng aneinander gedrängt hatte. Sie wandte die Augen ab und blickte wieder suchend hinaus.

»Ein Mittel gibt es noch,« sagte ich, und ich muß gestehen, das Herz pochte mir heftig dabei, »wenn Sie mir gestatten, daß ich Sie hinübertrage.«

Sie wandte plötzlich den Kopf und blickte seitwärts hinaus, wo durch die Lücken der Stämme der See hervorblitzte. Ein sanftes Rot stieg in ihr Antlitz und verlor sich wieder. Ich hatte das Gefühl, sie müsse mein Herz pochen hören.

»Werde ich nicht zu schwer sein?« fragte sie dann leise.

»Sie werden leicht sein wie eine Feder,« sagte ich mit Zuversicht.

»Nun dann – in Gottes Namen!« gab sie zur Antwort und sah mich an mit Augen, in die die alte Unbefangenheit zurückgekehrt zu sein schien.

Ich untersuchte schnell den Grund in der Nähe des Steines. Als ich mich davon überzeugt hatte, daß der darunter liegende sandige Boden das Einsinken verhinderte, bereitete ich mich für den feuchten Gang vor und nahm dann Frida auf meine Arme. Sie umschlang leicht meinen Nacken und ich schritt vorsichtig voran. Welch seliges Geschenk des Himmels war dieser Sumpf. In meinen Armen trug ich durch ihn das Köstlichste, das die Erde hegt, Schönheit und Güte, Reinheit und Unschuld, vereint in einem blühenden lebenswarmen Körper, dessen schlanke und doch volle Glieder sich an die meinen schmiegten, dessen sanfte Atemzüge mich durchbebten – mir war bei dieser engen Gemeinschaft, als rieselte dasselbe Blut durch unsere beiden Leiber – mir war, als trüge ich das süße Geheimnis des Lebens in meinen Armen, und dürfte es nimmer wieder von mir lassen. Und wie ein elektrischer Strom, der einen Körper durchkreist, auch in dem benachbarten ähnliche Strömungen hervorruft, so mußte wohl das Blut, das so stürmisch durch meine Adern rauschte, auch das ihrige zu schnellerem Laufe entzündet haben, denn ich fühlte, wie ihr Atem tiefer ging, ich fühlte das stärkere Pochen ihres Herzens, und als meine Augen die ihrigen suchten, fand ich wieder die holde Verwirrung in ihnen, die mir schon einmal begegnet war. Wer weiß, was in diesem Augenblick geschehen wäre, denn es ging mir wie ein Rausch durch den Sinn, wenn nicht plötzlich mein Fuß an einen Stein gestoßen hätte, so daß ich stolperte und fast gefallen wäre. Sie schlang mit einem leichten Aufschrei ihren Arm fester um meinen Nacken, ich drückte die schmiegsame Gestalt dichter an mich, aber nun ging es aufwärts, die Feuchtigkeit ließ nach, und bald fühlte ich festen Waldboden unter meinen Füßen. Mit wahrer Angst, die Sache könnte ganz zu Ende sein, spähte ich vor mich hin, und siehe, es war keine Hoffnung mehr. Ueberall sanft ansteigendes, trockenes Terrain. »Es ist vorüber!« sagte Frida leise, und widerstrebend ließ ich sie auf den Boden gleiten. Sie stand mit sanft geröteten Wangen da. »Ich danke

Ihnen!« sagte sie, ohne mich anzusehen. Dann wandte sie sich und eilte mit leichten Schritten dem Lagerplatze zu.

Ihre Besorgnis war umsonst gewesen, denn der alte Herr lag behaglich im Grase bei unserer Ankunft und las in einem mitgebrachten Buche, und kurz darauf vernahmen wir auch den Zuruf Ottos, der von dem Hügel herniederkam. Seltsam aber war es, daß wie durch eine stillschweigende Verabredung keiner von uns beiden des Weges, auf dem wir zurückgekehrt, und des Abenteuers, das wir erlebt hatten, Erwähnung that.

Nach einer Weile hörten wir Friedrich, der zurückgekehrt war, um uns abzuholen, auf dem Waldwege mit der Peitsche knallen; wir brachen auf und kehrten, durch den schönen Frühlingsabend langsam dahinfahrend, nach Hause zurück.

Dies war alles gestern, lieber Siebold, und ich habe den ganzen schulfreien Mittwochnachmittag dazu verwendet, Dir dies mitzuteilen. Es dunkelt schon und ich sehe kaum mehr, was ich schreibe. Verzeihe mir meine Weitläufigkeit und daß ich von Deiner Freundschaft einen so ausgedehnten Gebrauch mache, und sei bestens gegrüßt.

Dein *Holding*.

Schatten.

Bordau, den 26. Mai 1878.

Lieber Siebold!

In diesem Augenblicke habe ich den sehnlichsten Wunsch, an einer vorspringenden nahen Waldecke, die ich von meinem Fenster aus sehen kann, stände eine gute Weinkneipe mit einem behaglichen kleinen Hinterzimmer und in diesem Zimmer säßest Du, und ich könnte eilend hinüberlaufen und Dir mein Herz ausschütten, denn ich bin kreuzunglücklich. Und was das schlimmste ist, dem eigenen Frevelmute habe ich es zuzuschreiben, daß ein ganzes Feld voll lieblicher in Blüte stehender Hoffnungen zerstört und vernichtet ist. Aber ich will von vorne anfangen. Von der größten Prüfung, die mir in meiner freiwilligen Verbannung auferlegt worden ist, habe ich Dir noch gar nicht geschrieben, und diese besteht darin, daß ich von Zeit zu Zeit die Gegenwart eines Menschen ertragen muß, der mir im tiefsten Grunde verhaßt ist. Bordau gehört einem reichen Gutsbesitzer Namens Eisenmilch und dieser hat einen Sohn von sechsundzwanzig Jahren, der sich augenblicklich hier aufhält und eine Verwalterstelle bei seinem Vater einnimmt. Wie man sagt, will dieser die erste passende Gelegenheit benutzen, dem Sohne ein eigenes Gut zu kaufen. Nun, dieser Jüngling spricht zuweilen bei uns vor. Er kommt dann auf einem Pferde geritten, das viel zu schade für ihn ist, und ein Hund begleitet ihn, in dessen Adern zehnmal edleres Blut fließt, als in denen seines Herrn. Ein junger blonder Mensch von brutaler Gesundheit, mit engen Reithosen und hohen Stiefeln und dem steifbeinigen Gang eines Bereiterknechtes. Wenn er nur in der Thür steht, so hat man das Gefühl, daß das ganze Zimmer von seinem Dünkel erfüllt ist. Er ist natürlich ein alter Bekannter der Familie und wird sehr freundlich aufgenommen. Ich selber habe bei seinen Eltern selbstverständlich auch einen Besuch gemacht mit weißen Handschuhen und schwarzer Seele und bin ganz gnädig aufgenommen worden, denn die alten dicken Eisenmilchs sind nicht ohne Gutmütigkeit und haben ein gewisses Mitleid mit so einem armen Schlucker, der sich mit Stundengeben sein Brot verdienen muß. Der Erbe ihres Namens war glücklicherweise nicht zu Hause. Dieser also kommt zuweilen zu uns, und die Leute sagen, er habe ein Auge auf Frida geworfen und würde sich vielleicht auch herablassen, ihr demnächst das Schnupftuch zuzuwerfen. Eifersucht ist nun beileibe nicht der Grund meines Zorns; denn ich achte Frida zu hoch, als daß ich jemals annehmen würde, sie könnte den Bewerbungen dieses Wichtes Gehör schenken; aber es verdrießt mich, daß er offenbar in ihr nichts sieht als eine kleine, hübsche, nette Pastorstochter, die die Wirtschaft versteht und die gerade gut genug für ihn ist. Alte Jugendbekanntschaft räumt ihm mancherlei Vorrechte ein, und so nennt er sie stets Friedchen, wofür ich ihn jedesmal mit Behagen erdrosseln könnte, und wenn er so von oben her mit seinen grobgeschnitzten, bocksbeinigen Galanterien sich zu ihr herabläßt, so ist es gar, um ihn zu prügeln. Daß ich natürlich für ihn gar nicht vorhanden und eine Art Dienstbote bin, der das Maul zu halten hat, ist selbstverständlich. Da dies nun nicht die Beschäftigung ist, zu der ich mich in seiner Gegenwart einzig verpflichtet fühle, so hat sich ein nichts weniger als angenehmes Verhältnis zwischen uns entsponnen und nur die Rücksicht, die ich auf Frida und ihren Vater nehmen muß, hat unangenehme Scenen bis jetzt verhindert. Doch ich will zur Sache kommen. Vor kurzem blieb er zum Abend da. Da Frida meine Abneigung gegen ihn kennt, so begegnete ich, als wir uns zu Tische setzten, einem bittenden Blick aus ihren schönen Augen, der mir sagen sollte: »Seien Sie artig, ich bitte Sie, mir zuliebe.«

Ich nahm mir vor, das Menschenmögliche zu leisten; allein es ward mir schwer genug gemacht, denn Eisenmilch junior zeigte sich heute in seinem ganzen Glanz. Er verwickelte sich mit dem Prediger in einen Streit, den dieser in seiner sanften und gleichmäßigen Weise und mit kleinen humoristisch-satirischen Wendungen weiter führte, die aber ihren Zweck verfehlten, weil sie für den Gegner zu fein waren. Herr Eisenmilch hatte sich aber nun einmal darauf verbissen, nachzuweisen, daß das Geld die eigentliche Macht sei, die die Welt regiere.

»Alles in Ehren, Herr Pastor,« sagte er, »was Sie uns Sonntags von der Kanzel predigen, das Geld spielt doch nun einmal die Hauptrolle. Wer es hat, ist unabhängig und frei; wer es nicht hat, muß dienen. Was nützen mir alle die schönen Redensarten, daß der Reichtum nicht glücklich mache, und daß man den schnöden Mammon verachten solle – das sind Erfindungen von Leuten, die selber nichts haben und sich darüber trösten wollen. Andere sagen wieder, sie finden ihr Genügen in der Erwerbung geistiger Güter und es sei gering, nach irdischen zu trachten - da sage ich nur, wenn sie tüchtig irdische hätten, da würde es ihnen viel leichter fallen, der Erwerbung geistiger Schätze sich hinzugeben; denn sie hätten nicht nötig, sich für ihr täglich Brot an andere zu verkaufen und ihre Zeit mit Nebensachen totzuschlagen. Ich will nun ein Beispiel nennen: Glauben Sie, daß Herr Holding heute abend in seiner Eigenschaft als Hauslehrer hier an diesem Tische sitzen würde, wenn er ein Vermögen hätte, das ihn unabhängig machte?«

Ich begegnete wieder einem flehenden Blick aus Fridas Augen. Die Versuchung des Augenblickes war für mich groß, es ergriff mich wie ein Schwindel, denn wie treffend konnte ich in diesem Augenblicke durch die Enthüllung meiner wahren Lage den Gegner siegreich vernichten - er hatte mir ja selber das Schwert in die Hand gegeben, und ich wußte genau, daß ich die Familie Eisenmilch dreimal aufkaufen konnte, wenn ich wollte. Allein ich bezwang mich und erwiderte ruhig: »Wer sagt Ihnen, Herr Eisenmilch, daß nicht reine Liebe zur Sache mich diesen Beruf ergreifen ließ; wer gibt Ihnen das Recht, ein solches Urteil zu fällen, da Sie weder mich noch meine Verhältnisse kennen?«

Eisenmilch lachte laut auf: »Verhältnisse!« rief er, »jawohl! Wissen Sie auch, daß ich gestern aus Berlin zurückgekehrt bin? Kennen Sie Herrn Tütenpieper? Er läßt Sie grüßen. Ein liebenswürdiger, interessanter, alter Herr; er weiß so nette, pikante Sachen zu erzählen. Er teilte mir die Geschichte eines Herrn Holding mit, der, wer weiß auf welche Weise, plötzlich sein riesiges Vermögen verlor und genötigt war, eine Hauslehrerstelle auf dem Lande anzunehmen - natürlich - aus reiner Liebe zur Sache!«

Der Prediger und Frida sahen mich erstaunt an, und da letztere bemerkte, wie mir das Blut ins Gesicht schoß und eine heftige Antwort mir auf den Lippen bebte, so fühlte ich plötzlich mit sanftem Druck ihren Fuß auf dem meinen ruhen, und von dieser Berührung rieselte es durch alle meine Glieder, die aufgeregten Wogen meines Blutes dämpfend, und ich war plötzlich wieder ruhig. »Ich sehe darin nichts Unehrenhaftes!« war alles, was ich zur Antwort gab. Der Prediger nahm das Wort: »Herr Eisenmilch, Sie bringen diese

Dinge in solchem höhnischen Tone vor, daß es den Anschein hat, als wollten Sie Herrn Holding, der unser geschätzter Hausgenosse ist, absichtlich beleidigen. Ich ersuche Sie freundlichst, in meinem Hause ein wenig mehr Rücksicht zu beobachten. Ich begreife die Weise, in der Sie diese Sachen vorbringen, um so weniger, als man die Art, wie sich Herr Holding in sein Schicksal gefunden hat, doch nur als männlich und ehrenwert bezeichnen kann.«

»Ja, wenn man muß . . .« murmelte Eisenmilch vor sich hin, allein er war doch etwas betreten, wurde schweigsam und empfahl sich bald.

Der verhaltene Groll rumorte noch in mir. Es kränkte mich, daß ich meine Sache nicht selber geführt und mich scheinbar so feige gezeigt hatte. Es war Frida zuliebe geschehen, doch warum verlangte sie das von mir; warum sollte ich mich vor ihren Augen demütigen lassen? Zwar ihrer Natur nach mußten ihr Zank und Streit im innersten Grunde zuwider sein, allein alles hat am Ende seine Grenzen. Ich war hinausgetreten auf die Veranda und starrte finster in den mondscheinerfüllten Garten. Es war ein lauer Frühlingsabend; süßer Fliederduft wehte zu mir her, und in den finsteren Schatten der Gebüsche sangen die Nachtigallen. Plötzlich hörte ich einen leichten Schritt hinter mir; es war Frida, die im hellen Schein des Mondlichtes vor mir stand.

»Ich danke Ihnen,« sagte sie, »für die Rücksicht, die Sie heute abend genommen haben.«

Es war wohl die gekränkte Eigenliebe, die mein Herz verhärtete und meinen Sinn verwirrte, so daß ich hart herausfuhr: »Ich wollte, ich hätte das nicht gethan.«

Sie sah mich verwundert mit großen Augen an und sagte nichts. Mir aber hatte der Satan ganz das Hirn verwirrt, also daß ich fortfuhr: »Im Grunde hat Herr Eisenmilch ganz recht mit seinen Ansichten. Was könnte die Leute wohl veranlassen, diesem unausstehlichen Patron freundlich zu begegnen und Nachsicht mit seiner Flegelhaftigkeit zu haben, als die Rücksicht auf sein liebenswürdiges Vermögen? Gewiß hat er recht; ich habe es ja an mir selber erfahren, wie sie fast alle von mir abgefallen sind. Es sind wenige, die sich von diesem Schimmer nicht in irgend einer Weise blenden lassen – wenige sind es, die sich ganz davon freimachen können –

auch Sie nicht, mein Fräulein, auch Sie nicht – das habe ich heute abend wohl gesehen!«

Sie war ganz blaß geworden; ihr Antlitz schimmerte geisterhaft im Licht des bleichen Mondes, und ihre Augen waren starr und vorwurfsvoll auf mich gerichtet. Sie schwieg eine Weile und ich sah, wie sie tief atmete. Dann sprach sie mit zitternder Stimme: »Sie haben böse Worte gesprochen, Herr Holding. Ach, ich wollte, Sie hätten das nicht gethan; denn ich weiß nicht, ob ich das jemals vergessen kann.« Dann wandte sie sich und verschwand in der dunklen Thür des Hauses.

Ich wollte ihr anfangs nacheilen, allein ein thörichter Trotz hielt mich zurück, und ich blieb.

Seit diesem Abend ist alles vorüber. Ich habe sie tödlich beleidigt und sie, die Gute, Reine, Holde, mit rauher Hand von mir gestoßen. Wir gehen im Hause nebeneinander her, als hätten wir uns nie gekannt. Die alte Unbefangenheit und Fröhlichkeit ist dahin; durch eigene Schuld habe ich zerstört, was mir so lieblich war in meinem Herzen.

Mein lieber Siebold, habe Mitleid mit mir. Ich weiß, trotz Deiner sarkastischen Reden und Gesichter bist Du doch ein guter Kerl. Ich wollte, ich könnte gleich hinübergehen zu Dir und Deine treue Hand drücken. Da es aber nicht sein kann, sei tausendmal gegrüßt!

Dein *Holding*.

Hinter der Orgel.

Seit den geschilderten Ereignissen war eine Woche vergangen. Frida ging ruhig und gleichmäßig wie immer im Hause umher: aber das Verhältnis zu Holding war und blieb gestört. Ihre Augen begegneten den seinen nicht mehr; der fröhliche Scherz war verstummt und sie vermied es sichtlich, mit ihm allein zu sein. Holding wanderte nach Beendigung der Schulstunden brütend in der Gegend umher und überlegte schon, ob er das Verhältnis ganz lösen und wieder in die Stadt zurückkehren solle, und doch im letzten Grunde fühlte er sich noch immer gehalten und gebunden, so daß er zu keinem Entschluß kommen konnte. So wanderte er auch eines Tages, in dumpfes Hinbrüten versunken, auf dem Friedhofe zwischen den Gräbern umher, als er plötzlich aus der Kirche den Ton einer Orgel vernahm und zugleich sah, daß die Kirchenthür geöffnet war. Er vermutete, es sei der Küster, der sich einen neuen Choral einübe, und da ihn die Klänge anzogen, trat er in die Kirche und setzte sich in einem Winkel auf eine Bank. Wie einsam war es hier. Nichts weiter war in dem weiten Raum, als der Sonnenschein und die Klänge der Orgel. Er legte den Kopf an die Lehne, und indem er durch ein Fenster auf die weißen Wolken blickte, die draußen still vorüberzogen, hörte er wie im Traume den sanften Tönen zu. Im Laufe der Zeit fiel es ihm aber auf, daß die gemäßigte Art des Spieles immer dieselbe blieb und daß es niemals zu einer besonderen Kraftentfaltung kam, und als er zu dieser genauen Beobachtung gelangte, war es ihm auch plötzlich klar, daß es nicht der Küster war, der spielte, denn zu der Kunstfertigkeit, die hier entwickelt wurde, hätte dieser es nicht gebracht. Seine Neugier ward rege; er schritt behutsam durch die Kirche, stieg leise die Treppe zum Orgelchor hinauf und fand den alten Prediger, der, ganz vertieft in seine musikalischen Ideen, ihn anfangs gar nicht bemerkte, bis er endlich durch den kleinen Spiegel, der zur Beobachtung der Vorgänge vor dem Altar dient, Holdings ansichtig ward. Der Prediger nickte, ohne im Spiel aufzuhören, diesem zu und sagte dann: »Sie haben mich wohl noch nie spielen hören? Ich wollte Ihnen wohl einmal zeigen, was die Orgel hergibt; denn es ist ein vortreffliches Werk, allein meine Tochter allein hat nicht die nötige Kraft, und für volle Leistung gehören auch zwei dazu, die Bälge zu treten. Ich muß mich deshalb mit dem Windverbrauch sehr einschränken.«

Holding durchzuckte es plötzlich wie ein elektrischer Schlag: »Ihre Tochter?« fragte er.

»Jawohl,« sagte er, »Leute sind jetzt nicht zu bekommen, da die Feldarbeit dringend ist, und da thut meine Tochter mir den Gefallen, mir behilflich zu sein, wenn ich einmal spielen will.«

»Wenn es Ihnen recht ist,« sagte Holding schnell, »so helfe ich Ihrer Tochter.«

»Das ist eine große Freundlichkeit von Ihnen,« sagte der Prediger, »die ich gern annehme.« Er unterbrach sich im Spiel und rief: »Liebe Frida, Herr Holding ist so freundlich, dir behilflich sein zu wollen, zeige ihm, was er zu thun hat.« Sie antwortete nicht, und Holding ging schnell mit klopfendem Herzen hinter die Orgel, woselbst er Frida vorfand. Sie erklärte ihm mit wenig Worten die einfache Einrichtung, und kurz darauf stiegen beide nebeneinander auf und nieder in emsiger Arbeit. Der Alte griff mit Behagen in seine Tasten, und voller und brausender schallten die mächtigen Töne durch die einsame Kirche.

Anfangs sahen beide vor sich hin, scheinbar ganz vertieft in ihre Thätigkeit; aber bald zog es Holding unwiderstehlich seitwärts zu blicken auf die holde Gestalt in hellem Sommerkleide, die so viel Anmut und elastische Kraft in allen ihren Bewegungen zeigte. Das von der Anstrengung zart gerötete Antlitz zeigte ihm die reinen Linien des Profils und das herrschende Dämmerlicht breitete einen eigenen Märchenzauber über die sanften Züge. So stiegen sie unablässig nebeneinander auf und nieder; er konnte sein Auge nicht abwenden von ihr, und sie fühlte seinen Blick, ohne ihn anzusehen. Unterdes zog der Alte ein Register nach dem anderen, die Töne flohen und vereinten sich und immer gewaltiger ward das Spiel, so daß Wände und Gerüst der alten Orgel zu dröhnen begannen. Und alles dies, die Gewalt der Musik, die freie, frische Bewegung, die berauschende Nähe der Geliebten lösten den Druck, der auf Holdings Seele lag, und ließen ihn die richtigen Worte finden. Und seltsam, trotz des mächtigen Dröhnens der Orgel verstand sie alles, wie wenn die Stille der Einsamkeit geherrscht hätte.

»Fräulein Frida,« sagte er, »es drängt mich, Sie für die bösen Worte, die ich neulich zu Ihnen gesprochen habe, um Verzeihung zu bitten. Ich bereue sie tief und versichere Sie auf das heiligste, daß es mir niemals in den Sinn gekommen ist, wirklich so von Ihnen zu denken, daß nur die Uebereilung des Augenblicks mich hinreißen konnte, so Frevelhaftes auszusprechen!«

Sie hatte, während er sprach, gerade vor sich hingesehen und nur das vermehrte Auf- und Niedergehen ihrer langen Augenwimpern verriet ihre Bewegung. Jetzt wendete sie ihm voll das Antlitz zu und in ihren Augen lag die Verzeihung. Es war ein wunderbarer, geheimnisvoller Blick voll Verheißung und Gewährung. Holding streckte ihr die Hand entgegen; sie ergriff diese und drückte sie sanft, aber sie sprach nichts, sondern nickte ihm nur freundlich zu. Holding jauchzte innerlich auf, es kam wie ein Rausch über ihn und ihm war, als riefe durch das Brausen der Orgel eine Stimme ihm zu: »Jetzt oder nie!«

Der alte Prediger hatte sich derweil immer mehr in sein Spiel vertieft, immer gewaltiger baute sich das Werk seiner Töne auf, immer mächtiger strebte es empor zu himmlischen Höhen, umrankt von blühenden Klangfiguren, durchwebt von klingenden Blumen; doch als er den Gipfel glücklich erreicht und in mächtigem Accorde ausruhen wollte auf seiner seligen Höhe, da, mitten im stärksten Fortissimo, brach plötzlich zu seinem größten Schrecken der Ton der Orgel ab und es ward stumm wie das Grab. Anfangs saß er ganz starr da, dann rief er: »Frida!« aber es kam keine Antwort. Jetzt glaubte er ein leises Schluchzen zu vernehmen; eine plötzliche Angst befiel ihn und er ging eilfertig hinter die Orgel.

Was er da fand? Zwei junge Menschenkinder, die die Welt vergessen hatten und sich in den Armen lagen und sich nicht oft genug sagen konnten, wie lieb sie sich hätten.

Sie bemerkten seine Anwesenheit und kamen nun und baten um seinen Segen. Der gute, alte Prediger, was sollte er thun? Er konnte ja nicht anders; er mußte wohl ja sagen.

Fanfare.

Bordau, den 3. Juni 1878.

Lieber Siebold!

Aus meinem Telegramm weißt Du ja, daß ich glücklich bin; aber worüber ich ganz besonders glücklich bin, das weißt Du nicht, nämlich, daß Frida den armen Kandidaten genommen hat, und daß, als sie nachträglich erfuhr, es sei ein sehr reicher Kandidat, dies sehr wenig Eindruck auf sie gemacht hat. Da ich nun nach der Sitte des Landes nicht länger in diesem Hause bleiben kann, so werde ich allernächstens in Berlin wieder anlangen. Aber später meinen Wohnsitz dort nehmen werde ich nicht. Ich habe Geschmack und Vergnügen am Landleben gewonnen und stehe bereits im Anfang der Unterhandlungen über den Ankauf eines großen, aber etwas verwahrlosten Gutes in der Umgegend und denke es mit Hilfe eines tüchtigen Verwalters selber zu bewirtschaften. Und der Hauptzweck dieses Briefes: Du sollst mir mein Haus bauen und sollst einmal einen Bauherrn haben, wie Du ihn Dir wünschest, »mit offener Hand und Kunstverstand«, das heißt letzteres am wenigsten, da will ich mich ganz auf Dich verlassen. In diesem Hause soll vor Deinem Standbild aus Gold und Marmelstein ein Altar errichtet werden, und Myrrhen und Weihrauch und alle köstlichen Gewürze Arabiens sollen Dir wöchentlich geopfert werden, und der Scheitel Deines Hauptes soll Dir gesalbet werden mit edlem Johannisberger, denn Dir verdanke ich doch alles, und Dich will ich als meinen Wohlthäter verehren bis ans Ende. Mit bestem Gruß von mir und ihr!

Dein *Holding*.

Über den Autor

Geboren am 25.6.1842 in Perlin (Mecklenburg); gestorben am 7.11.1906 in Großlichterfelde.Seidel war der Sohn eines Pfarrers. Er studierte von 1860-1862 am Polytechnikum in Hannover, ab 1866 an der Gewerbeakademie in Berlin. Ab 1868 war er Ingenieur in einer Maschinenfabrik in Berlin. Seidel konstruierte als Ingenieur die Bedachung des Anhalter Bahnhofs. Seit 1880 lebte er als freier Schriftsteller und schilderte in Erzählungen die idyllischen Seiten des bürgerlichen Lebens.

Eigene Buchreihe oder eigenen Verlag gründen

Seit 2009 bietet tredition sein Verlagskonzept auch als sogenanntes "White-Label" an. Das bedeutet, dass andere Unternehmen, Institutionen und Personen risikofrei und unkompliziert selbst zum Herausgeber von Büchern und Buchreihen unter eigener Marke werden können. tredition übernimmt dabei das komplette Herstellungs- und Distributionsrisiko.

Zahlreiche Zeitschriften-, Zeitungs- und Buchverlage, Universitäten, Forschungseinrichtungen u.v.m. nutzen diese Dienstleistung von tredition, um unter eigener Marke ohne Risiko Bücher zu verlegen.

Alle Informationen im Internet: **www.tredition.de/fuer-verlage**

tredition wurde mit mehreren Innovationspreisen ausgezeichnet, u. a. mit dem Webfuture Award und dem Innovationspreis der Buch Digitale.

tredition ist Mitglied im Börsenverein des Deutschen Buchhandels.

Dieses Werk elektronisch lesen

Dieses Werk ist Teil der Gutenberg-DE Edition DVD. Diese enthält das komplette Archiv des Projekt Gutenberg-DE. Die DVD ist im Internet erhältlich auf **http://gutenbergshop.abc.de**